AU PEUPLE.

Chant Patriotique,

PAR

THÉODORE ET HYPPOLITE COGNIARD.

PRIX : 75 CENT.

Se vend au Profit des Blessés.

JUILLET 1830.

IMPRIMERIE DE DAVID, BOULEVART POISSONNIÈRE, N° 6.

AU PEUPLE!...

AU PEUPLE.

Chant Patriotique,

PAR

THÉODORE ET HYPPOLITE COGNIARD.

PARIS,

IMPRIMERIE DE DAVID,

BOULEVART POISSONNIÈRE, N° 6.

1830.

AU PEUPLE.

CHANT PATRIOTIQUE.

Gloire à toi!.. gloire à toi!.. grand peuple de la terre!...
Oui, tu l'as mérité, le nom de Peuple-Roi!
Devant le monde entier lève une tête altière,
    Gloire à toi!... gloire à toi!...

Qu'il est brillant le jour que la France voit luire!
Quel succès! quel honneur! quel glorieux renom!
Peuple français sois fier! l'étranger qui t'admire
    Est jaloux de ton nom.

Un aveugle monarque osa, dans sa colère,
Nous parler en tyran, au mépris de nos lois;
Soudain tu te levas, et fis voir à la terre
    Un peuple qui juge ses rois!

Ministres condamnés,... nos vengeances sont prêtes,
L'arrêt est prononcé... l'échafaud vous attend...
Que le sang des martyrs retombe sur vos têtes !
Et se mêle à tout votre sang.

Infâmes !... pour dernier outrage
Vous vouliez avec cruauté,
Sur nos fronts écrire : esclavage...
Mais dans nos cœurs, on lisait : Liberté !

Je les entends encor vos ordres d'infamie,
Vos horribles complots et vos arrêts sanglans,
Quoique brisés, ces fers forgés pour ma patrie,
Epouvantent encor mes sens.

Excitant leurs soldats par des cris sanguinaires,
Egorgez, ont-ils dit, et n'épargnez jamais;
Allez,... assassinez vos amis et vos frères,
    Et toi, Charles, tu te taisais!...

⁂

Aux plaintes des mourans ton cœur n'a pu se rendre,
Tes prêtres te disaient : Dieu défend d'épargner!...
Roi cruel!... Est-ce donc sur notre ville en cendre
    Que tu voulais régner?...

⁂

Les voilà ces soldats instrumens de tes crimes,
Leurs canons meurtriers vont servir ton courroux,
Toi,... tu leur as compté le prix de leurs victimes,
    Tu parles,... ils fondent sur nous.

⁂

Aux armes, citoyens ! ... aux armes !...
Défendons notre liberté !...
Aux armes !... et ce cri d'alarmes,
Tout un peuple l'a répété.

Le combat commence,
Le peuple s'élance
A travers les feux ;
Heureux de combattre,
Rien ne peut abattre
Son cœur généreux :
Les canons mugissent,
Les airs retentissent
Du cri des mourans,
Et dans la bataille,
En vain la mitraille
Éclaircit les rangs.
. . . .
Frappé d'une bombe,
Qu'un Français succombe,
Un Français nouveau

Soudain le remplace,

Et la même place

Lui sert de tombeau.

Par son courage magnanime,

A travers chaque bataillon,

Le peuple se fait jour, dans son élan sublime,

Et de l'indépendance il trace le sillon.

Il a renversé les obstacles :

Plus de tyrans, de combats, de défi,

La France est libre ! ! ! et pour tant de miracles !

Trois jours seulement ont suffi !…

Trois jours !.. Quoi ! le temps, sur son aîle ,

Peut-il donc aussi vîte apporter le bonheur ?

Que tout change en trois jours !..Que la nature est belle !!.

D'un jour de liberté comme l'air est meilleur !

Ton courage, artisan modeste,
Fut le remède à tant de maux;
Tu prouvas que sous l'humble veste,
Pouvait battre un cœur de héros.

Et vous tous, jeunes gens de nos belles écoles!
Vous que l'on admira sans en être surpris,
Vous qu'on ne vit jamais remplir que de beaux rôles,
Recevez une palme acquise à tant de prix.

Et toi généreux Lafayette!
A l'aspect du péril, tu vins le partager,
Nous avons vu briller ta vieille baïonnett e
Au moment du danger.

Les couronnes de la patrie,
Sur ton front pleuvent par milliers :
Arrêtez,... sa tête blanchie
Fléchirait sous tant de lauriers.

⁂

Glorieux Français que nous sommes !
Dans ces jours de beaux dévoûmens,
Les enfans devinrent des hommes,
Et les vieillards des jeunes gens.

⁂

. . . .
. . . .

Le soldat de la vieille garde
Croit revoir ses jours de bonheur,
Et reprend la vieille cocarde
Que si long-temps il cacha sur son cœur.

⁂

Ce drapeau de l'indépendance
Proscrit par un règne ennemi ;
Ce drapeau qu'adopte la France,
Pleurant de joie, il l'embrasse aujourd'hui,
Ainsi qu'après vingt ans d'absence
On embrasse un ancien ami.

. . . .

. . . .

Et toi, belle Colonne !.. ornement de l'histoire !
Miroir d'anciens faits glorieux !
Depuis ces beaux jours de victoire,
Tu sembles plus grande à mes yeux !..
Et lorsqu'à ton sommet les Couleurs immortelles
Brillèrent d'un éclat soudain,
Je crus voir tes aigles d'airain,
De bonheur agitant leurs ailes.

O mon Pays ! quel brillant souvenir !!...
O mon Pays ! quel brillant avenir !!...

. . . .

D'Orléans, que chacun révère,

Toi, qui jadis en des jours de dangers,
  Courus les chances de la guerre
  A côté de nos vieux guerriers;

*

De la nouvelle France écoute la prière,
Elle t'offre en ce jour,... jour de solennité !
  De poser la première pierre
  Du temple de sa liberté !..

*

Liberté sainte !.. objet de nos délices !..
  Assez de sang, de sacrifices
  Nous ont acquis ce noble bien !..
  Qu'elle vive sous tes auspices,
  Et que son nom s'enlace au tien.

  . . . .

  . . . .

*

Et vous !... mânes à jamais chères !...
Holocaustes sacrés de cette liberté,
Recevez aujourd'hui les adieux de vos frères,
Les regrets d'un peuple attristé,
Et nos couronnes funéraires !...

Dormez en paix... sur vos restes vainqueurs,
Nous venons déposer une terre affranchie...
Dormez en paix... les fils de nos libérateurs
Sont adoptés par la patrie.

Vos tombeaux rediront aux siècles à venir :
La France allait périr... Ils sauvèrent la France !...
Ils sont morts en héros !... et leur dernier soupir
A salué le jour de notre indépendance.

FIN.

LEGES
ET
MORES